Cecilia and Miguel Are Best Friends
Cecilia y Miguel son mejores amigos

By / Por
Diane Gonzales Bertrand

Illustrations by / Ilustraciones de
Thelma Muraida

Spanish Translation by / Traducción al español de
Gabriela Baeza Ventura

PIÑATA BOOKS

Piñata Books
Arte Público Press
Houston, Texas

Publication of *Cecilia and Miguel Are Best Friends* is made possible by a grant from the City of Houston through the Houston Arts Alliance. We are grateful for their support.

Esta edición de *Cecilia y Miguel son mejores amigos* ha sido subvencionada por la Ciudad de Houston por medio del Houston Arts Alliance. Les agradecemos su apoyo.

Piñata Books are full of surprises!
¡Piñata Books están llenos de sorpresas!

Piñata Books
An Imprint of Arte Público Press
University of Houston
4902 Gulf Fwy, Bldg 19, Rm 100
Houston, Texas 77204-2004

Cover design by / Diseño de la portada por Bryan T. Dechter

Bertrand, Diane Gonzales.
    Cecilia and Miguel are best friends / by Diane Gonzales Bertrand ; illustrations by Thelma Muraida ; Spanish translation by Gabriela Baeza Ventura = Cecilia y Miguel son mejores amigos / por Diane Gonzales Bertrand ; ilustraciones de Thelma Muraida ; traducción al español de Gabriela Baeza Ventura.
        p.   cm.
    ISBN 978-1-55885-794-0 (alk. paper)
    [1. Best friends—Fiction. 2. Friendship—Fiction. 3. Mexican Americans—Fiction. 4. Spanish language materials—Bilingual.] I. Muraida, Thelma, illustrator. II. Ventura, Gabriela Baeza, translator. III. Title. IV. Title: Cecilia y Miguel son mejores amigos.
    PZ73.B4428 2014
    [E]—dc23
                                                                                            2014005029
                                                                                            CIP

Printed in China in May 2014–August 2014 by Creative Printing USA Inc.
12 11 10 9 8 7 6 5 4 3 2 1

To my brother Mike, and for Cecilia and Micole, with my love
—DGB

Dedicated to the Gonzales family
—TM

Para mi hermano Mike, y para Cecilia y Micole, con cariño
—DGB

Para la familia Gonzales
—TM

Cecilia and Miguel are best friends.
Even when he gave her bunny ears
in the third-grade class picture.

Cecilia y Miguel son mejores amigos.
Aun cuando él le puso orejas de conejito
en la foto del curso de tercer año.

Cecilia and Miguel are best friends.

Even when she caught a big fish,

and his line tangled in the rocks.

Cecilia y Miguel son mejores amigos.

Aun cuando ella pescó un pez grande,

y la caña de él se enredó en las rocas.

Cecilia and Miguel are best friends.

Even when he cracked his *cascarones* on her,

while she wore her new Easter dress.

Cecilia y Miguel son mejores amigos.

Aun cuando él le quebró los cascarones en la cabeza,

mientras ella lucía su nuevo vestido de pascua.

Cecilia and Miguel are best friends.
Even when she floated on the waves,
and he got a mouthful of salt water.

Cecilia y Miguel son mejores amigos.
Aun cuando ella flotó sobre las olas,
y él tragó agua salada.

Cecilia and Miguel are best friends.

Even when he wanted to break the piñata,

and she cracked it open with the first hit.

Cecilia y Miguel son mejores amigos.

Aun cuando él quiso quebrar la piñata,

y ella la rompió con el primer golpe.

Cecilia and Miguel are best friends.

Even when she had to stop because of two flat tires,

and he won the bike race.

Cecilia y Miguel son mejores amigos.

Aun cuando ella se tuvo que parar porque tenía dos llantas ponchadas,

y él ganó la carrera de ciclismo.

Cecilia and Miguel are best friends.
Even when he broke his leg
and couldn't dance at her *quinceañera.*

Cecilia y Miguel son mejores amigos.
Aun cuando él se quebró la pierna
y no pudo bailar en su quinceañera.

Cecilia and Miguel are best friends.
Even when she cheered for the Orange Rockets,
and he played soccer for the Blue Knights.

Cecilia y Miguel son mejores amigos.
Aun cuando ella era porrista para los Orange Rockets,
y él jugaba para los Blue Knights.

Cecilia and Miguel are best friends.
Even when he drove north to college
and she drove west.

Cecilia y Miguel son mejores amigos.
Aun cuando él se fue a una universidad en el norte
y ella a una en el oeste.

Cecilia and Miguel are best friends.
Even when she forgot her raincoat,
and he had to share his umbrella.

Cecilia y Miguel son mejores amigos.
Aun cuando a ella se lo olvidó el impermeable,
y él tuvo que compartir su paraguas con ella.

Cecilia and Miguel are best friends.
Even when he dropped the ring,
and she found it inside her *flan.*

Cecilia y Miguel son mejores amigos.
Aun cuando a él se le cayó el anillo,
y ella lo encontró dentro de su flan.

Cecilia and Miguel are best friends.
Even when she gave him bunny ears
in their wedding picture.

Cecilia y Miguel son mejores amigos.
Aun cuando ella le puso orejas de conejito
en la foto de su matrimonio.

Cecilia and Miguel are best friends.

Even when he set up one crib,

and she told him they needed two.

Cecilia y Miguel son mejores amigos.

Aun cuando él armó una cuna,

y ella le dijo que necesitaban dos.

Cecilia and Miguel are best friends.
Even when the twins climb into bed
and ask their parents for another story.

Cecilia y Miguel son mejores amigos.
Aun cuando los mellizos se suben a la cama
y le piden a sus papás otra historia.

Diane Gonzales Bertrand wrote this story to celebrate best friends. Best friends forgive mistakes. They share adventures. And best friends can become family, too. This is Diane's twentieth book published by Piñata Books and her first with illustrator Thelma Muraida. As children both Diane and Thelma attended Little Flower School in San Antonio, Texas. Diane is happily married to her best friend, Nick Bertrand. She teaches writing at St. Mary's University.

Diane Gonzales Bertrand escribió esta historia para celebrar a los mejores amigos. Los mejores amigos perdonan los errores y comparten aventuras. Y los mejores amigos también se pueden transformar en una familia. Éste es el veinteavo libro de Diane publicado por el sello Piñata Books y el primero con la artista Thelma Muraida. Cuando niñas, tanto Diane como Thelma asistieron a la primaria Little Flower School en San Antonio, Texas. Diane está felizmente casada con su mejor amigo, Nick Bertrand. Diane dicta cursos de escritura en St. Mary's University.

Thelma Muraida, an accomplished designer and artist, illustrated *Clara and the Curandera / Clara y la curandera* (Piñata Books, 2011) and *My Big Sister / Mi hermana mayor* (Piñata Books, 2012). She has designed several book covers and illustrated articles for national publications. She currently lives in San Antonio, Texas, with her husband and two dogs. Art, music and dance are always alive in their home, and their three children have appreciated and incorporated them into their lives.

Thelma Muraida, una diseñadora y artista consumada, ilustró *Clara and the Curandera / Clara y la curandera* (Piñata Books, 2011) y *My Big Sister / Mi hermana mayor* (Piñata Books, 2012). Ha diseñado varias portadas e ilustrado artículos para publicaciones nacionales. En la actualidad vive en San Antonio, Texas, con su esposo y sus dos perros. El arte, la música y el baile siempre están presentes en su hogar, y sus tres hijos los han apreciado e incorporado en sus vidas.